Queridos amigos roedores,
bienvenidos al mundo de

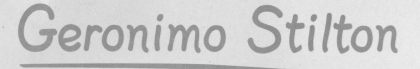

*Luna, te regalo
este libro Porque a mi me.
Ha gustado Mutlo.
Espero que
te guste a ti
tambien.
Enero*

Geronimo Stilton

GERONIMO STILTON
RATÓN INTELECTUAL,
DIRECTOR DE *EL ECO DEL ROEDOR*

TEA STILTON
AVENTURERA Y DECIDIDA,
ENVIADA ESPECIAL DE *EL ECO DEL ROEDOR*

TRAMPITA STILTON
PILLÍN Y BURLÓN,
PRIMO DE GERONIMO

BENJAMÍN STILTON
SIMPÁTICO Y AFECTUOSO,
SOBRINO DE GERONIMO

Geronimo Stilton

HALLOWEEN...
¡QUÉ MIEDO!

Textos de Geronimo Stilton
Ilustraciones de Larry Keys y Blasco Tabasco
Diseño gráfico de Merenguita Gingermouse y Bafshiro Toposawa

Título original: *Halloween... che fifa felina!*
© de la traducción: Manuel Manzano, 2006

Destino Infantil & Juvenil
destinojoven@edestino.es
www.destinojoven.com
Editado por Editorial Planeta, S. A.

© 2001 - Edizioni Piemme S.p.A., Via Galeotto del Carretto 10 - 15033 Casale Monferrato (AL) – Italia
www.geronimostilton.com
© 2006 de la edición en lengua española: Editorial Planeta, S. A.
Avda. Diagonal, 662-664, 08034 Barcelona
Derechos internacionales © Atlantyca S.p.A., Via Telesio 22, 20145 Milan, Italia - foreignrights@atlantyca.it

Primera edición: septiembre de 2006
Séptima impresión: diciembre de 2008
ISBN: 978-84-08-06786-3
Depósito legal: M. 52.690-2008
Fotocomposición: Víctor Igual, S. L.
Impresión y encuadernación: Brosmac, S. L.
Impreso en España - Printed in Spain

BRRRRR...
¡QUÉ CANGUELO GATUNO!

Era una **lluviosa** tarde de octubre. Estaba trabajando en la oficina, solo. Tras la ventana la lluvia goteaba monótona, tamborileando contra los cristales.
Plic, plic, plic...
Eché una mirada distraída fuera y por un instante, sólo por un instante... ¡me pareció ver LA JETA DE UN FANTASMA que estaba espiándome!

Yo me sobresalté, A S U S T A D O

y solté un grito:

—¡Socorrooo!

Con el corazón en la garganta miré de nuevo…

Pero obviamente, no vi a nadie.

Así que intenté calmarme:

—Me he equivocado. ¡Claro, soy tan fantasioso!

Retomé la lectura de las galeradas de mi nueva novela, pero de vez en cuando le echaba una mirada a la ventana, preocupado.

Probablemente había trabajado demasiado, estaba cansado, estresado. Quién sabe, ¡quizá había llegado la hora de irme a casa!

De repente…

¡De repente se apagaron las luces! Abrí el cajón del escritorio para coger la vela que guardo para casos de emergencia pero…

brrrrrrrrrrrrrr rr r r r rr

¡**Distinguí** algo luminoso en el fondo del cajón!

¿Qué era?

¿¿Qué era aquello??

Temblando, acerqué una pata temblorosa...

...y vi...

...¡¡¡una calavera que brillaba en la oscuridad!!!

Di tal brinco que volqué la silla.

Entonces corrí hacia la puerta.

Aferré el pomo... pero lo noté húmedo y **PEGAJOSO.**

Levanté la pata para observarla mejor a la luz de la luna, y cuando comprendí de qué se trataba lancé un grito...

De mi pata goteaba un líquido pegajoso que parecía...

¿SANGRE?

Chillando aterrorizado salí al pasillo, pero una forma borrosa y blanca (¿un fantasma?) apareció tras una esquina y ululó:

—¡BUUUUU!

Yo grité:

—¡Aaaaaaaaaagh! ¡Aaaaaaaaaaaaagh!

Con el corazón en la garganta, me precipité hacia la puerta principal.

¡Me parecía estar viviendo una pesadilla!

Corrí por el **OSCURO PASILLO** como si me hubiera vuelto loco.

Llegué a la puerta principal desesperado, pero cuando intenté abrirla comprendí que estaba bloqueada.

Socorrooo…

Me aferré al pomo, chillando desesperado:

—¡Auxiliooo! ¡Quiero saliiiiiiiiiiir!

Del otro lado de la puerta me respondió un horrible maullido:

¡¡¡Miaaaaaaaauuuuuuuuuuu!!!

Aterrorizado, me di media vuelta y eché a

correr por el pasillo en busca de la salida de emergencia.

Pero cuando volví la esquina... palidecí: un *lúgubre esqueleto* fosforescente colgaba del techo y levantaba un dedo huesudo.

—¡Hola, Geronimucho! ¿Besito o prenda?

Estaba a punto de desmayarme cuando me rondó por la cabeza una idea.

Aquella voz... aquella voz me sonaba, la conocía muy bien. Muy, muy bien.

Claro, era...

¡Era la voz de mi primo Trampita!

LÚGUBRE ESQUELETO

De repente se encendió la luz y un morro familiar apareció ante mis narices.

—¡Geronimucho! ¡Primito! ¿¿¿A que te he dado un buen

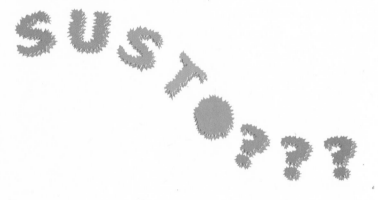

¡TUT-TURURUT-TU… TUT-TÚ!

A causa de la rabia, me quedé sin palabras.

Así que tartamudeé enfurecido:

—Tú… tú… tú…

Él me tomó el pelo:

—¡Tut-tururut-tu… tut-tú!

Yo grité:

—¡Subespecie de ratón, subraza de roedor, subproducto de rata de cloaca! ¿Cómo te atreves…?

Él se rió:

—Pero ¿cómo, Geronimucho, no te has divertido?

Yo exclamé:

—Podría haberme dado un PATATÚS…

Él soltó una carcajada:

—Deberías haberte visto la cara cuando has visto el esqueleto fosforescente. ¡Era todo un espectáculo!

Entonces se sacó del bolsillo una libreta y, con expresión inspirada, **garabateó** algunas palabras.

—Veamos veamos veamos... le doy un 10 a la calavera fosforescente, un 10 con matrícula de honor a la sangre goteante del pomo y un bonito 8 y MEDIO al esqueleto que

saluda… en cambio, hay que mejorar el fantasma, ¡¡¡no da el miedo suficiente!!!

Se alisó la cola:

—Mi amigo Tortillota Refrito me ha pedido que le ayude a gestionar su nueva tienda de bromas y estaba comprobando los artículos antes de ponerlos a la venta.

Después se rió bajo los bigotes:

—Sabes que dentro de poco es Halloween, ¿verdad?

Bajó la voz y susurró en tono conspirador:

—El 31 de octubre es Halloween, HALLOWEEEEEEEEEEN...

Yo chillé, con los bigotes zumbando de furia:

—¡Me importa un queso rancio Halloween, sólo quiero irme a casa, no soporto más tus bromas MACABRAS!

Y me fui dando un portazo.

Cuando es demasiado es demasiado, ¿no creéis?

UNA PATA GÉLIDA COMO…

Oh, perdonad, aún no me he presentado: mi nombre es Stilton, *¡Geronimo Stilton!* Dirijo *El Eco del Roedor*, el diario más famoso de la **Isla de los Ratones**…

Pues, como os decía, decidí irme a casa caminando. Desde la CALLE DEL TORTELINI 13, donde trabajo, hasta la CALLE DEL BORGO RATO 8, donde se encuentra mi casa, el recorrido no es demasiado largo.

Cuando llegué a mi casa, saqué la llave para abrir la puerta de entrada.

Pero una pata gélida como el hielo me tapó los ojos.

Yo grité:

—¡¡¡Aaaaaaggghhhh!!!

Una voz femenina canturreó:

—¡Cucú!

Yo chillé:

—¿Qui... **quien és?** ¡Socorrooo!

Mi hermana Tea exclamó enfadada:

—¡Geronimo! ¡Eres el histérico de siempre! ¡Estaba bromeando! ¡¡¡No tienes el más mínimo sentido del humor!!!

Yo jadeé, PALIDÍSIMO:

—¡No puedo más! ¡¡¡Si llego vivo a mañana será un milagro!!!

Tea se encogió de hombros y se rió:

—No sabes aguantar las bromas, Geronimo...

—Después bajó la voz y me confió—: He venido a hablar contigo porque dentro de poco es Halloween, ¿entiendes?...

Yo ni siquiera la dejé terminar y protesté:

—¿Halloween? ¿Otra vez Halloween? Pero ¿es posible que no se hable de otra cosa?

Ella insistió, alisándose el blanco pelaje:

—Hermanito, he tenido una idea genial: la Editorial Stilton publicará un libro sobre HALLOWEEN. Todos los consejos para preparar una fiesta, todos los trucos y efectos especiales... ¡Verás, será un éxito! El único problemita es que el libro es muy, muy urgente. Es más, ¡¡¡URGENTÍSIMO!!!

Así que, querido hermanito, Geronimucho adorado, tesorito mío, tú deberás...

Yo murmuré desconfiado:

—Hum, ¿qué? ¿Qué deberé hacer yo?

Conozco bien a mi hermana: ¡cuando es demasiado amable es que esconde algo!

Ella prosiguió:

—Esto, deberías...

—¿Sííí?

Mi hermana lo soltó de carrerilla:

—¡Deberás escribirlo *tú*! Y de prisa, es más, rapidísimo: ¡tienes exactamente 24 horas!

—¿Quééééé? ¡A mí no me gusta Halloween! ¡Soy un ratón cobardica! ¡Y no entiendo nada de fiestas y disfraces!

Ella me cortó en seco:

—¡Vale vale vale, sólo necesitas un poco de buena voluntad! Además, ¡ahora Trampita trabaja en una tienda de bromas y puedes pedirle consejo!

Yo me alteré:

—¿Pedirle algo a Trampita? ¡Ni en un millón de años! ¡Ni en sueños! ¡No, **no**, y **no**, ni hablar, no lo haré nunca, **nunca** y **nunca**, o ya no me llamo más *Gerónimo Stilton!* Y ahora, Tea, si no te importa, me despido, ha sido un día tremendo que no le desearía ni a un gato… ¡Buenas noches!

A continuación entré en mi casa y cerré la puerta.

PASTEL DE QUESO FUNDIDO Y BATIDO DE GORGONZOLA

Entré y colgué el abrigo en la percha, después recorrí el pasillo hasta la cocina.

Abrí el frigorífico y me relamí los bigotes.

—Hum, creo que probaré un poquito de pastel de queso fundido. **Roeré** un pedacito de parmesano curado… y también unas lonchitas de queso de bola. Después quizá me coma un helado de gruyer, y me tome una tostada a los cuatro quesos con una hojita de lechuga y mucha mayonesa…

¡Ñam ñam ñam!

Ñam   Ñam   Ñam   Ñam   Ñam   Ñam   Ñam   Ñam

–Hum, creo que probaré...

Me llené un buen vaso de batido de gorgon-
zola con triple ración de nata.

—¡Qué delicia! —suspiré.

Me dirigí hacia la sala de estar,
pero con un escalofrío me di
cuenta de que la luz ya estaba en-
cendida…

¿Quién podía ser?

Veloz como un gato, me acerqué de puntillas
y sin hacer ruido.

El fuego encendido de la chimenea proyecta-
ba contra las paredes una sombra enorme…

Me estremecí y los bigotes me temblaron de
miedo.

¡Era una sombra enorme!

Vi cómo la sombra aumentaba de tamaño…
Se me erizó el pelaje.

¡Estaba a punto de desmayarme! De repente, oí una voz familiar…

— ¡Tío! ¡Tío Geronimo!

De golpe, lo comprendí: ¡la sombra gigantesca pertenecía a mi sobrinito Benjamín!

Corrió a mi encuentro y me abrazó, dándome un besito en la punta de los bigotes.

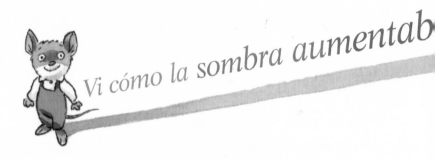

Vi cómo la sombra aumentab

—¡Tiíto! Te habías dejado la puerta abierta, así que te he esperado dentro. ¿Estás contento? Tío, pero ¿por qué estás tan pálido? ¿Te encuentras bien?

e tamaño...

—Ejem, sí, estoy bien, gracias…

Él, mientras, parloteaba feliz.

—Tiíto, me ha dicho la tía Tea que escribirás un libro sobre Halloween. ¿Puedo ayudarte? ¡Cómo nos divertiremos, tío, será fantástico! Iremos juntos a buscar bromas a la tienda de tío Trampita, inventaremos un montón de disfraces: murciélago, vampiro, bruja, momia… ¡Me gustan mucho las fiestas, tío! Será **fantástico**. Entonces, ¿cuándo empezamos?

Suspiré. A mi sobrinito preferido, Benjamín, nunca puedo negarle nada…

¡CUIDADO CON LA ARAÑA!

A la mañana siguiente fuimos a la tienda donde trabajaba Trampita, que se llamaba

¡Trucos y truquitos, sustos y sustitos!

Me fijé en que el timbre tenía la forma de una calavera.
En cuanto lo toqué…
Un tremendo grito me sobre-
saltó.

¡¡Aaaaaaaaaghhhhhhhhhhhhhhh!!!!

¡EH, TÚ, CARAQUESO, APRIETA AQUÍ!

Se me erizó el pelaje, y por poco no se me cayeron los bigotes del susto.

Benjamín, en cambio, se rió.

—¡Superratónico! ¡Esto sí que es un timbre!

Yo me sequé la frente, perlada de sudor, e intenté hacer acopio de valor.

Entramos. La tienda de Trampita estaba muy **OSCURA** y *polvorienta*, como si nadie la hubiera ventilado desde hacía años.

Él estaba sentado en un taburete, con las patas apoyadas en el mostrador.

Se asomó de detrás de la vieja caja registradora y exclamó satisfecho:

—¡Hola, Geronimo! ¡Te veo muy pálido! Bonito el timbre TREPANA-TÍMPANOS de la entrada, ¿eh?

Mi primo apretó el interruptor escondido del timbre y el grito grabado me hizo dar un salto de nuevo. Él se rió:

—Éste es el **GRITO** *de la momia,* pero también tengo el **MAULLIDO** del *Gato Licántropo*, el **CHILLIDO** del *Vampiro* y otros. Quizá quieras oírlos.

—¡No, gracias! —me apresuré a responder.

Aún riéndose bajo los bigotes, mi primo me acercó una caja con la tapa cerrada.

—Geronimo, ¿quieres un caramelo?

Abrí la tapa... ¡¡¡y un muelle me golpeó directo en el morro!!!

Trampita se rió satisfecho.

—¡Ja ja ja, sabía que picarías!

Abrió una vitrina llena de quesos de goma, sujetó un pedacito de gruyer, lo aplastó, y el queso hizo *¡cuuiik!*

Trampita cogió otro trozo.

—¿Y qué me dices de esta mozzarella? Es una imitación perfecta de la verdadera, ¡mira!

Yo dije, asombrado:

—Por los bigotes del Gato Licántropo... ¡esta mozza-

QUESOS DE GOMA

rella parece de verdad! ¡Además *huele a mozzarella*! ¡Está muy bien imitada, felicidades!

Trampita me miró durante un instante, después soltó una risotada, sosteniéndose la barriga.

—¿Felicidades a quién? Felicidades al bobo que siempre pica, es decir, ¡tú! Geronimo, este queso es de verdad. ¡Ji ji ji! —**Mi primo** bajó la voz—. Ahora os llevaré a la parte más secreta de la tienda...

Nos hizo pasar a través de una puerta con forma de cabeza de gato con las fauces abiertas.

Aunque la cabeza fuese de cartón piedra, un escalofrío me recorrió la espina dorsal...

Trampita habló en voz tan alta que di un salto:

—*¡Pasen y vean, señores, vengan a admirar las más mefíticas, las más miasmáticas*

—*Pasen y vean, señores...*

BROMAS PARA HALLOWEEN! *¡Para hacer que los bigotes le zumben de miedo!*

Miré a mi alrededor.

Estábamos en una habitación tan oscura que parecía la barriga de un gato hambriento.

Trampita hizo un gesto solemne.

—¡Antes de pasar a lo más fuerte (calaveras, huesos, momias y cosas así) os propongo gusanos, moscas, cucarachas, sabandijas, arañas, insectos **PELUDOS** y no **PELUDOS**, fijos y articulados, de plástico y de goma, grandes y pequeños, pero todos realmente *superdesagradables*!

Veloz como una rata, sacó de una estantería una enorme mosca pegajosa y me la sacudió bajo el morro zumbando.

Zzzzzzzzzzzzzzzzz Zzzzzzzzzzzzzzzzz Zzzzzzzzzzzzzz

Yo di un respingo.

También cogió una horrible araña negra y **PELUDA** de ocho patas. La colgó de un clavo, chasqueó los dedos y la araña se descolgó del hilo con rapidez siseando siniestramente, mientras se encendían sus ojos de *color rojo*.

Benjamín estaba entusiasmado.

—¡Mira, tío, parece de verdad!

—Ya, ya —contesté nervioso.

Trampita buscó un gusano de goma **blanda** y me lo puso en el morro, exclamando:

—¡Eh, mira, un gusano!

Yo di un salto atrás con un chillido.

Rápidamente, mi primo me metió una cucaracha por el cuello de la camisa:

—¡Cuidado con la cucaracha! ¡Mira, tienes otra más aquí, y otra más aquí, mira, mira, mira, pero si tienes un montón más

encima de ti, ¡Geronimo! Quizá las atraes por el tufo, Geronimo… confiesa, qué perfume usas, ¿EAU DE CLOACA?

Entonces me metió una víbora de goma en el bolsillo.

Yo grité:

—¿Por qué siempre pruebas todas las bromas conmigo?

—¡Pues porque eres la víctima ideal, Geronimo! ¡Siempre picas!

Me enrolló una pitón de goma alrededor del cuello y exclamó:

—*¡Una serpiente quiere estrangular a mi primo!* ¡Geronimo, venga, grita «Aaaaaaaghh» como si te estuviese ahogando!

¡Una serpiente quiere estrangular a mi primo! ¡Una serpiente quiere estrangular a mi primo! ¡Una serpiente quiere estrangular a mi primo! ¡Una serpiente quiere estrangular a mi primo!

¡¡¡Aaaaaaghhhhhhhh!!!

Solté un grito:

—Aaaaaaghh…

¡La desagradable goma blanducha me apretaba la garganta!

Trampita dictó apuntes a Benjamín:

—*Para animar la fiesta de Halloween no pueden faltar insectos y serpientes de goma, muy desagradables. De hecho, mejor cuanto más desagradables y fastidiosos. Los mejores los podéis encontrar en la tienda ¡Trucos y truquitos, sustos y sustitos!, que se encuentra en la* AVENIDA DEL QUESITO CREMOSO 9 *(esquina con la calle Requesón), 13131 Ratonia, Isla de los Ratones, precios fijos (no pidáis descuentos porque no los hago), también los podéis encargar en el sitio web www…*

En ese instante oí sonar el timbre:

¡¡¡Aaaaaaaaaaghhhhhhhhhhhhhhhh!!!

Trampita voló hacia la puerta:

—¡Un cliente! ¡Debo irme! Llamadme si necesitáis más información... buena suerte con el libro, es más, ¡a por ellos!

Benjamín terminó de tomar apuntes:

—¡Tío Geronimo, ahora necesitamos un experto en disfraces!

Inmediatamente llamé a mi ayudante editorial, **Pinky Pick**.

Como siempre, ella resuelve cualquier problema en el acto.

—Jefe, te doy la dirección de una tipa que conocí en una fiesta de Halloween el año pasado. Llevaba un disfraz excepcional, absolutamente excepcional... ¡¡¡parecía de verdad!!! Nos hemos hecho amigas, amiguísimas. ¡Llámala y dile que **VAS DE MI PARTE!**

Pinky Pick

¿FUNERALES DE BIGOTES?

Pinky Pick me dio la dirección de su amiga, **Tenebrosa Tenebrax**, que montaba escenografías teatrales.

Benjamín y yo cogimos un taxi y llegamos a la AVENIDA DE LA CRIPTA OSCURA 11.

El lugar era bastante lúgubre, es más, lugubrísimo, sólo os digo que era el barrio donde se encuentra el cementerio… *¡brrrrrr!*

Al llegar a la cancela del cementerio el taxista giró a la izquierda.

Después dijo:

—Éste es el lugar, pero ¿están seguros de que quieren bajarse aquí?

Nos señaló un edificio **lúgubre**.

Me fijé en un cartel y lo leí en voz alta…

S. Tenebrax
Funerales de bigotes
Pompas fúnebres de calidad.
¡Descuentos para grupos!

Frente al edificio había aparcado un coche fúnebre. Perplejo, comprobé la dirección: sí, ¡era allí mismo!

Calle de la Cripta Oscura 11

Llamé al timbre y nos abrió un tipo DEL‑GADO DELGADO, todo vestido de negro, con un sombrero de copa en la cabeza y unas es‑

pesas patillas blancas.

Nos saludó en tono lúgubre:

—Buenos días a todos, soy

Entierratón 💀 Tenebrax.

¿Quién de vosotros es el querido difunto? *¡Ja ja jaaa, es una broma!* ¿Queréis celebrar un funeral? Puedo proponeros unos espléndi‑ dos ataúdes amarillos deco‑ rados con agujeros de que‑ so, forrados en seda de color queso curado, con lujosas decoraciones de bronce en forma de cabeza de gato. Son la oferta especial…

Entierratón 💀 Tenebrax

Me apresuré a responderle:

—Ejem, en realidad sólo queríamos hablar con **Tenebrosa Tenebrax**.

Él murmuró, desilusionado:

—Aaaaah, entonces no sois clientes, qué pena... aunque es sólo cuestión de tiempo... *¡Ja ja jaaa, es una broma!*

Yo me estremecí.

—Ah, ¿queréis hablar con mi hija? Ahora la llamo... —dijo él. Habló por un interfono—: ¡Tenebrosita!

Una vocecita femenina susurró:

—¿Qué quieres, papuchi?

—¡Han venido a verte unos amigos!

Nos adentramos por un pasillo pero él nos detuvo.

—No no no, hacia allí se va a la capilla ardiente...

Yo di un salto atrás. ¡Por mil quesos de bola, soy un tipo muy impresionable!

Él explicó:

—Os acompañaré yo mismo, pero tengo un cliente que me espera. Aunque tiene mucha paciencia: ahora ya no tiene prisa, *¡ja ja jaaa, es una broma!* —Después, pícaro, me guiñó un ojo—: Lo bueno de nuestros clientes es que nunca se quejan, *¡ja ja jaaa, es una broma!*

Nos abrió la puerta y señaló un sendero que cruzaba el cementerio.

Cuando ya estábamos a mitad de camino nos dijo:

—De todos modos pensaos lo de esos ataúdes amarillos, son confortabilísimos... ¡y sobre todo, están de oferta!

un sendero

que cruzaba el cementerio...

¡... soy un tipo muy impresionable!

BA-BA-BA-BAAAAM
BO-BO-BO-BOOOOM...

Nos apresuramos por el lúgubre sendero del cementerio.

Había caído una **finísima niebla**, que envolvía los árboles y daba al cementerio una atmósfera espectral e inquietante.

Rodeamos **tumbas de piedra** y lápidas de mármol...

De repente, Benjamín me tiró de la manga de la chaqueta.

—¡Mira allí, tío Geronimo! ¡Aquella tumba se está levantando!

Miré en la dirección indicada por Benjamín y un escalofrío me erizó el pelaje.

¡La lápida de mármol que cubría una tumba se estaba levantando lentamente!

Oí una música de órgano…

Ba-ba-ba-baaaam…
Bo-bo-bo-boooom…

La música sonaba cada vez más fuerte, haciéndome estremecer de la cola a la punta de los bigotes.

Aferré a Benjamín por la pata y me di la vuelta para huir.

Pero ¡en la niebla era difícil orientarse, y comprendí que nos habíamos perdido!

LA NIEBLA CONTINUABA ESPESÁNDOSE, ENVOLVIÉNDONOS EN UN MANTO BLANCO Y DENSO

La tumba se abrió completamente y la música de órgano aumentó de volumen hasta ensordecernos.

Ba-ba-ba-baaaam...

Bo-bo-bo-boooom...

De repente, un morro ratonil asomó por la tumba abierta.

Yo di un salto atrás, chillando aterrorizado:

—¡Socorrooooooooo!

Una vocecita aguda gritó:

—¡Eh, ratones! Aquí fuera hace frío, meteos dentro antes de que pilléis un resfriado!

Era la amiga de Pinky, Tenebrosa Tenebrax.

... un morro ratonil asomó por la tumba abierta.

¡TENEBROSA
TENEBRAX!

Mientras descendíamos los escalones de granito observé mejor a Tenebrosa.

Tenía el pelaje brillante, cabellos oscuros como la TINTA, peinada con raya en medio, ojos verdes como los de un gato, pestañas larguísimas, uñas afiladas y pintadas de violeta. El pelaje resplandecía con un polvo plateado que brillaba a la luz de las velas. Tenebrosa llevaba un vestido violeta con unas mangas anchas que caían hasta el suelo. En el cuello lucía un extraño medallón de oro en forma de media luna, con una fórmula mágica grabada en él.

Ejem, a pesar del extraño vestuario, debo admitir que la amiga de Pinky era muy guapa...

Me fijé en que la habitación de Tenebrosa era en realidad una antigua CRIPTA FÚNEBRE.

El suelo era de lápidas de piedra consumida por el tiempo, el techo de bóveda.

En el centro de la habitación había un sarcófago de mármol con sábanas de raso negro.

¡Allí dormía Tenebrosa!

Al lado, una mesilla de madera de ébano, sobre la que descansaba una urna funeraria de plata, con un ramo de crisantemos de color pálido.

La cripta estaba iluminada (si así puede decirse) por una lámpara de acei-

Tenebrosa Tenebrax

te con forma de calavera *¡BRRRRRRRRRR!*

En las paredes había cuadros espectrales.

Estremecido, observé el retrato de un vampiro (con largos colmillos afilados), un paisaje (que representaba un CEMENTERIO sobre un abrupto acantilado), una naturaleza muerta (con calavera), una miniatura (en la que se veía una momia que se levantaba de un sarcófago)...

Una de las paredes estaba ocupada por estanterías de mármol con libros encuadernados en cuero antiguo.

Curioso, hojeé los títulos...

CATÁLOGO DE ATAÚDES

Cuentos Macabros Medievales

Todo ⟨absolutamente todo⟩ sobre los gatos licántropos

GUÍA TURÍSTICA DE LOS CEMENTERIOS
MONUMENTALES DE LA TRANSRATONIA

Bromas para... ¡morirse de risa!

PIEL DE MOMIA EN ACEITE
Y OTRAS CONSERVAS DELICIOSAS PARA PREPARAR EN CASA

CÓMO SER SEPULTURERO:
curso por correspondencia en 365 lúgubres lecciones

COCHES FÚNEBRES ÚLTIMO MODELO
catálogo actualizado hasta el próximo milenio

En la cripta sólo había una ventanita con gruesas **barras de hierro** y una cortina de raso escarlata carcomida por las polillas. Había telarañas por doquier y la capa de polvo era de un centímetro de gruesa. Velas oscuras proyectaban lúgubres sombras contra las paredes, *ondeando* con el viento. Tenebrosa cerró la puerta de un baño de mármol negro y exclamó:

—¿Os gusta la decoración? Todo es muy antiguo, del siglo XII. **A propósito**, ¿qué puedo hacer por vosotros, **monadas**?

Me aclaré la voz y murmuré:

—Buenas tardes, señorita. Me ha dado su nombre Pinky Pick. Mi nombre es Stilton, Geronimo Stilton, necesitamos…

—¡Habla, tesorito! ¡Habla! —dijo ella.

—Tengo que escribir un libro sobre Halloween: disfraces, y…

Ella puso los morritos en forma de corazón.

Benjamín me tiró de la chaqueta y me susurró:

—¡Cuidado, tío, Tenebrosa está coladita por ti!

Yo me estremecí. Ella abrió un **armario** negro lleno de vestidos, pelucas y complementos y dictó a Benjamín:

—*Para un disfraz de calidad no hay que esperar al último momento, sino prepararse por anticipado…*

¡ERES UN RATONCITO MUY GUAPO!

Tenebrosa dictó a Benjamín los consejos para los disfraces de Halloween. Después murmuró lánguida:

—Geronimo, ¿nunca te han dicho que eres un ratoncito muy guapo?

Con sus uñas pintadas me rascó la barbilla.

—¡Coqueto, eres tan fascinante!

Me estremecí:

—Ejem, realmente, actualmente, momentáneamente, prácticamente, yo…

Un ratoncito muy guapo

Ella me guiñó un ojo.

—Eres timidito, ¿eh? ¡Mmm, eso te hace aún más fascinante! ¡Adoro los *novios-* VÍCTIMA...!

—Entonces se iluminó—: ¡Tengo una idea! ¡La noche de Halloween podemos organizar una fiesta en mi casa!

Benjamín estaba muy contento.

—¡Oh, sí, Tenebrosa, me gusta la idea! ¡UN PARTY DE HALLOWEEN, qué bien!

Yo no estaba tan entusiasmado, pero lo disimulé.

—Ejem, ya, qué bien, ¿verdad?… claro… claro…

Ella reflexionó:

—Hum, necesitamos un cocinero y un menú especial…

Alargó la pata y apretó un interruptor.

Un sarcófago egipcio se abrió con un zumbido, revelando en su interior un ordenador de ultimísimo modelo con webcam.

Tenebrosa se rió.

Después canturreó una cancioncita siniestra:

En los partys extravagantes me gusta bailar...

porque fiestas muy horrendas yo sé organizar...

¡y a mis invitados suelo asustar!

¡De miedo los hago temblar!

Mientras, tecleaba en su ordenador:

—Navegar, oh, oh, navegar, oh, oh, oh, oh...

Tras unos segundos, apareció en la pantalla un morro famoso: el de **Raviolindo Pastelón**, el cocinero más célebre de Ratonia.

RAVIOLINDO PASTELÓN

Con su cursi acento francés, por el que era famoso, Raviolindo saludó cordial:

—*Holá, Tenebgosá.* ¿Cómo estás?

Ella exclamó:

—**OOOOoooh**, Raviolindo, ¿me aconsejarías alguna receta horrenda para un *party* absolutamente estremecedor?

Él, un poco embarazado, se rizó los bigotes llenos de brillantina:

—*Tenebgosá, tesoguitó, ggacias pog* la confianza, *pego* estoy a punto de *igme* a una *confeguenciá* y no puedo *ocupagme* de ti...

Tenebrosa se desilusionó.

—Está bien, Raviolindo, adiós, adiós...

Benjamín tuvo una idea.

—¡Tío, pidámosle consejo a Pina!

Pina es el ama de llaves de mi

PINA RATONEL

abuelo y sabe cocinar muy bien. Mi abuelo, Torcuato Revoltosi, Panzer para los amigos, es el mítico y temidísimo fundador de *El Eco del Roedor*...

TORCUATO REVOLTOSI

PANZER para los amigos

¡HOLAAAA, SOY PINA!

Cogí el teléfono y llamé a Pina.

—¡Holaaaa! Holaaaa, soy Pina, ¿quién llama?—gritó ella con voz aguda.

—¡Soy Stilton, *Geronimo Stilton*!

—¡Señorito Geronimo! —gritó ella.

—Pina, necesito tu ayuda. Tengo que organizar una fiesta especial…

—¡Dígame, señorito Geronimo! —exclamó ella—. ¡Dígame lo que necesita! ¡Estoy a su disposición! ¡Digadigadiga!

—Ejem, sí, ¿sabes lo que es **HALLOWEEN**? —le pregunté.

—¿**JALOGUÍN?** —se sorprendió ella—. No, ¿qué es?

—Halloween es una fiesta en la que la gente se disfraza de bruja, de esqueleto, de momia, etcétera. Necesito un menú especial, ejem, de escalofrío… —le expliqué.

Ella permaneció largo rato en silencio.

Pensé que quizá se había ofendido, así que le dije titubeante:

—Tal vez no es tu estilo, Pina, quizá te va más algo más tradicional, más clásico…

—**¿Tradicional?** ¿Clásico? —gritó—. ¡No hay nada que yo no sepa hacer en una cocina: de lo moderno a lo clásico, usted dígame un plato que yo se lo preparo!

Mientras, Tenebrosa me había pasado una lista de alimentos.

Yo se la leí a Pina.

Ella permaneció en silencio.

Murmuré:

—¿Pina? ¿Aún estás ahí?

—¡Estoy aquí, señorito Geronimo!

Menú de escalofrío

ENTRANTES
Ojos de murciélago tibios
Setas del bosque de las brujas

PRIMER PLATO
Gusanos de cloaca

SEGUNDO PLATO
Albondiguillas de sapo a la salsa de vampiro

POSTRES
Helado de baba de caracol de alcantarilla
Bolitas de murciélago momificado

BEBIDA
Batido de termitas rojas
Batido de sanguijuelas negras
Batido de rana
Agua de cloaca (estancada o fermentada)

—Pina, ¿podrías cocinar cualquier cosa de ese tipo la noche de Halloween? ¡Celebramos una gran fiesta en casa de una amiga!

—Voy en seguida a la alcantarilla de abajo de casa a buscar los caracoles… quizá incluso también encuentre las sanguijuelas… lo de las **bolitas de murciélago** no será fácil, pero esta tarde iré al cementerio del barrio de mi primo…

Yo grité preocupado:

—¡Noooooooooo! ¡Pina, es un menú fingido, de broma!

—En realidad se trata de utilizar alimentos normalísimos —le expliqué—. Por ejemplo, las *bolitas de murciélago* son higos secos, los *ojos de murciélago* son aceitunas…

Ella rebatió belicosa:

—Fingido o real, eso da igual: yo le cocino lo que quiera, ¡porque yo lo sé cocinar todo, todo, todooooooo! ¡No hay nada que Pina no sepa cocinar! ¡VAYA!

CONFIESA, GERONIMO, ¿TIENES NOVIA?

Le di las gracias a Pina y colgué.

Tenebrosa exclamó:

—**A propósito**, Geronimo, ahora que tienes información sobre disfraces, un menú de escalofrío... ¿estás listo para empezar a escribir tu libro?

Me aclaré la garganta.

—Ejem, sí, claro, yo, entonces, casi casi, sí, yo

—dije deslizándome hacia la puerta. Ella dio un salto, plantándose entre la puerta de la cripta y yo.

—¡Ah, no, tesorito! No te irás sin haberme dado a cambio al menos un besito, ¿eh? Demasiado fácil... —Después exclamó—:

¡Besito besito besito!

—¡Besito, besito, besito!

¡Yo me estremecí. Entonces cerré los ojos y... sí, ¡le di un besito!

Me puse colorado (qué puedo hacer, ¡soy un ratón tímido!).

Tenebrosa gritó, dándome un susto:

—¡Geronimo! ¡Besas como nadie! ¡Eres un verdadero te~so~ri~to! Confiesa, ¿tienes novia?

Yo me sonrojé:

—¿Novia? ¡Ejem, en realidad, en cierto sentido, en suma, quizá quizá, pues, no, ni en sueños, ni pienso tenerla, vaya!

Ella le guiñó un ojo a Benjamín y susurró, pero de modo que yo pudiese oírla:

—A propósito, pequeñín, después me lo cuentas todo, ¿eh? ¡Quiero saber si tu tío

Ejem, en realidad, en cierto sentido...

tiene admiradoras, quiénes son, dónde viven, así iré a echarles un vistazo a esas ñoñas! ¡Soy muy celosa! ¡Y también vengativa! —Y diciendo eso, remolineó ante mis ojos sus largas, larguísimas uñas pintadas de violeta metalizado.

Yo me estremecí.

En aquel instante un murciélago me rozó las orejas.

—¡Aaaaaaaagh! —grité.

Tenebrosa le rascó las orejas:

—A propósito, éste es **Nosferatu**, ¡mi murciélago doméstico!

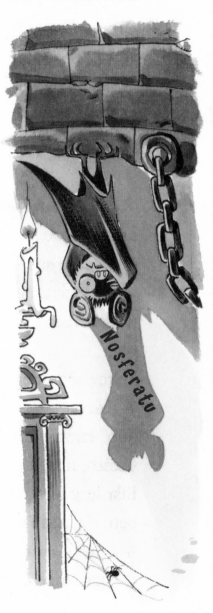

¿OS GUSTA MI COCHE FÚNEBRE?

Miré el reloj y me sorprendí: era el amanecer.

—¡Increíble, ya se ha hecho de día!

Tenebrosa se rió:

—¡Es hora de irse a **dormir**! Yo siempre me meto en la cama al alba, y me levanto al atardecer... —Entonces me guiñó un ojo—. Antes, sin embargo, ¡os daré un paseo con el nuevo coche de papá!

Yo intenté negarme, la idea de pasear en un coche fúnebre no me entusiasmaba, pero ella insistió:

— No me digas que no te fías sólo porque soy una ratoncita, ¿¿¿eh???

Yo me apresuré a negarlo:

—Claro que no, figúrate, en absoluto...

En ese instante comprendí a *quién* me recordaba Tenebrosa pues: ¡¡¡claro, me recordaba a mi hermana Tea, tal cual!!!

Tenebrosa levantó la lápida y salimos al cementerio, que a primera luz del alba resultaba aun más **ESPECTRAL**.

Nos dirigimos hacia el coche fúnebre y nos hizo subir con orgullo:

—Es el último modelo, se llama *Murciélago Rugiente*, lleva el porta-ataúdes incorporado y hasta un sistema de navegación por satélite con los mapas de los cementerios de todo el mundo…

Y me enseñó un plano del Cementerio Monumental de Ratonia.

EL COCHE FÚNEBRE ÚLTIMO MODELO DE ENTIERRATÓN TENEBRAX

Murciélago Rugiente

Valle de la Calavera

MAPA DEL CEMENTERIO MONUMENTAL DE RATONIA (SECCIÓN DE ROEDORES FAMOSOS)

1. El inventor
Bom Billo
2. El navegante
Popoco Mahogo
3. La poetisa
Endeca Sílaba
4. El novelista
Pape Lon
5. El matemático
Pepe Pi
6. El pintor
Ast Ratto

7. *Tumba vacía*
8. El cantante lírico
Tustas Sordo
9. El científico
Teo Rema
10. El comandante
Pisto Lon
11. El almirante
Tasun Dío
12. El arquitecto
Casu Chas
13. 14. 15. *Tumbas vacías*

Después lanzó un gritito, metió la marcha y el coche fúnebre salió pitando.

Por suerte, al alba, las calles de Ratonia estaban prácticamente desiertas, porque Tenebrosa se saltó TODOS los semáforos en rojo, ignoró TODAS las preferencias, enfiló TODOS los sentidos únicos por el lado erróneo y aparcó en CALLE DEL TORTELINI 13, enfrente de *El Eco del Roedor*.

Tenebrosa exclamó:

—¡Ya está, quesito mío! ¡*A propósito*, nos vemos en el *party* de Halloween! ¡Bailarás sólo conmigo! Recuerda, soy muuuuuy celosa...

Y me acarició la barbilla con sus larguísimas uñas. Yo descendí del coche más muerto que vivo,

pálido como el requesón,

mientras ella arrancaba con una risita salvaje.

SOY UN RATÓN
BIEN EDUCADO

Benjamín y yo entramos en la oficina, conectamos el ordenador y empezamos en seguida a trabajar. Debíamos darnos prisa, mucha **PRISA.** Yo empecé a escribir furiosamente mientras Benjamín reordenaba los apuntes y numera-

¡¡¡¡Ñic ñic ñic!!!!

ba las fotografías y los dibujos. Cinco minutos después de haber llegado TELEFONEÓ Tea para preguntarnos si ya habíamos acabado.

Me callé todo lo que pensaba porque soy un ratón bien educado.

Diez minutos después TELEFONEÓ Trampita para recomendarme que pusiera su foto en el libro.

Me callé todo lo que pensaba porque soy un ratón bien educado.

Quince minutos después TELEFONEÓ Tenebrosa para preguntarme si para la fiesta debía pintarse las uñas de violeta o, en cambio, de negro.

Me callé todo lo que pensaba porque soy un ratón bien educado.

Veinte minutos después TELEFO-NEÓ Pina para preguntarme si, para nuestro menú, podía preparar «Globos Oculares de Momia al Pesto» en vez de «Bolitas de Murciélago Momificado».

Me callé todo lo que pensaba porque soy un ratón bien educado.

Veinticinco minutos después TELE-FONEÓ Pinky para informarme de que yo había cautivado a Tenebrosa, pero que era famosa por sus tremendas escenas de celos...

Me callé todo lo que pensaba porque soy un ratón bien educado.

Treinta minutos después RELLAMÓ Tea para preguntar si ya había acabado.

Esta vez, aunque soy un ratón bien educado, no me callé todo lo que pensaba...

Ofendida, ¡me colgó el auricular en los morros!

Benjamín y yo decidimos descolgar el teléfono y desde ese instante trabajamos con tranquilidad.

Trabajamos, trabajamos, trabajamos, hasta que...

Tecleé la última frase y solté un suspiro de alivio.

En aquel momento, entró Tea, que me apartó las patas de las teclas:

—¡Stop! ¡Basta! ¡Se acabó! ¡Lo que hayas escrito, escrito está!

Benjamín me dio un besito en la punta de los bigotes:

—¡Tío, eres grande, fantástico, superratónico!

Yo sonreí bajo los bigotes:

—No creía que consiguiera escribir un libro tan de prisa. ¡Ahora, finalmente, podemos relajarnos!

EL ROMÁNTICO VALS DEL MURCIÉLAGO

Finalmente llegó la noche del 31 de octubre. Pina había insistido en cocinar en casa de mi abuelo, que tiene una *cocina enorme* y completísima.

Por suerte, mi abuelo estaba en el extranjero, así que teníamos su cocina a nuestra disposición...

Plantada frente a los fogones, Pina empuñaba el **amasador de plata** sobre el que estaban grabadas sus iniciales (regalo de mi abuelo).

Mientras, chillaba órdenes a diestra y siniestra a sus pinches:

—¡Tú, tráeme aquella cacerola! ¡Sí, te lo digo a ti, morro de merluzo! ¡Y tú, caraqueso, pá-

—¡Sí, te lo digo a ti, morro de merluzo!

same aquella sartén! ¡Rápido, cabeza de chorlito! ¿Qué haces, estás dormido? ¡¡¡Mueve la cola, ceporro, muermo, comequesos a traición… *MUÉVETEEEE!!!*

En cuanto acabó de cocinar, a las ocho, transportamos la comida hasta la cripta de Tenebrosa.

A las nueve empezaron a llegar los invitados.

Vi a un tipo vestido de lápida funeraria, a otro

Cirio fúnebre

de cirio fúnebre, a otro pintado con barniz FLUORESCENTE... y, naturalmente, a brujas, magos, vampiros, momias, espectros, fantasmas, gatos licántropos...

La orquesta empezó a tocar el romantiquísimo VALS deL MUrciéLago y todos salieron a bailar.

Justo en ese instante oí a alguien (pobre de mí) llamándome a gritos:

—¡Geronimo! ¡Geronimooo!

Tenebrosa me agarró de la pata y me arrastró en un vals desenfrenado.

Mientras, me murmuraba lánguidamente al oído:

—Quesito mío, te he echado de menos, ¿sabes?

Para cambiar de tema la dirigí hacia el buffet, donde estaba el menú preparado por Pina. Probé una cucharada de deliciosos GUSANOS DE CLOACA...

Junto a mí vi al padre de Tenebrosa.

Éste exclamó entusiasta:

—Nunca había visto un menú tan INQUIE-TANTE, tan LÚGUBRE, tan horrorosamente terrorífico... ¿quién es el artista que lo ha cocinado?

Yo señalé a Pina, que miraba los platos con actitud posesiva. Él se le acercó y murmuró:

—¿Me concede este baile, señora... o señorita?

Ella contestó orgullosa:

—¡Señorita!

GUSANOS DE CLOACA... GUSANOS DE CLOACA... GUSANOS DE CLOACA...

Él susurró emocionado:

—¿Permite que me presente? Entierratón Tenebrax, para servirla. ¿Puedo preguntarle su nombre?

—¡Pina! —respondió ella.

Él insistió:

—Pina… ¿qué más?

—¡Pina! *Pina Ratonel!* —dijo ella, batalladora. Después le concedió el vals.

Los dos bailaron mirándose a los ojos, juntitos como dos pichoncitos.

Tea sacudió la cabeza:

— *Están definitivamente, irremediablemente, enamorados…*

¿Puede concederme el honor de este baile?

TENGO QUE IR
AL DENTISTA ¡YA!

La **fiesta** continuó.

¡Yo estaba cada vez más cansado y no veía la hora de irme a dormir!

Hasta las cinco de la mañana los invitados no empezaron a irse.

Sorprendí a Entierratón y Pina en el cementerio: a la diáfana luz de la luna él le estaba declarando su *amor*.

—Pina, júrame que de ahora en adelante cocinarás sólo para mí… haciéndome así el roedor más **feliz** de Ratonia…

Ella exclamó emocionada:

—¡Entierratón! ¡Qué romántico eres! Siempre he soñado con un roedor elegante y distinguido como tú, siempre vestido de **negro...**

Ambos se fueron en el coche fúnebre de él, mientras Pina saludaba emocionada con la pata por la ventanilla.

—Vamos a casarnos, después iremos de luna de miel a Transratonia, la Tierra de los Vampiros...

Tenebrosa me lanzó una mirada hechicera:

—Geronimo, ¿por qué no me llevas a mí también a 𝕋𝕣𝕒𝕟𝕤𝕣𝕒𝕥𝕠𝕟𝕚𝕒? Dicen que es un lugar tan románticamente espectral...

Yo murmuré:

—¡Me acabo de acordar de que tengo un asunto urgente, urgentísimo! ¡Te ruego que me excuses, pero debo ir inmediatamente al dentista! ¿Verdad, Benjamín?

Él se apresuró a confirmarlo:

—¡Oh, sí, tío Geronimo! ¡Debes irte rápido, rapidísimo, tienes una cita urgente! ¡Rápido!

¿𝕋𝕣𝕒𝕟𝕤𝕣𝕒𝕥𝕠𝕟𝕚𝕒? Un lugar tan románticamente espectral...

Tenebrosa entrecerró los ojos, con expresión de sospecha.

—**Hum**. ¿Al dentista? ¿A las cinco de la mañana?

—¿Qué hay más importante que la salud?

La saludé con un solemne besamanos y después me largué parando un taxi al vuelo.

Me refugié en mi casa, soltando un suspiro de alivio. Uf, al fin solo.

En aquel instante S O N Ó el teléfono.

Respondí:

—Aquí Stilton, Geronimo Stilton...

Era mi director comercial, Ratigoni.

—¡Geronimooo! ¡¡¡El libro!!! ¡¡¡Es un éxito!!!

Yo murmuré bastante confuso:

—¿Qué? ¿Cómo?

Aquí Stilton, Geronimo Stilton...

Él exclamó, cada vez más excitado:

—¡Síííí! ¡Lo hemos conseguido!

Yo entendía cada vez menos.

—¿Perdón? ¿Quién lo ha conseguido?

Él gritó en el teléfono:

—¡Tu libro! ¡El de Halloween! ¡Está en el primer puesto de la lista de los más vendidos! ¡Tenemos que reeditar! ¡Ganaremos una megamillonada! ¡¡¡Para lamerse los bigotes!!!

¡¡¡Geronimooooo!!!

Yo suspiré:

—Bien, bien, Ratigoni, ejem, estoy muy contento...

Vaya, nunca habría imaginado que un libro

nacido por casualidad, escrito tan de prisa, pudiese tener aquel enorme éxito...

Sospecho que también vosotros tenéis curiosidad por leer el libro que he escrito, ¿eh?

¡Aquí está, para vosotros, todo vuestro!

Con un abrazo al queso, de vuestro amigo roedor *Geronimo Stilton*...

<u>Atención sin embargo</u>: *antes de empezar, pedidle ayuda a un adulto.*

¡Recordad siempre que tijeras, cuchillos, fogones y encendedores pueden ser muy peligrosos!

¡¡¡HALLOWEEN!!!

¡¡¡Todos los **SECRETOS**
para organizar
una fiesta
terroríficamente **ESCALOFRIANTE**
para recordar
con delicioso **HORROR!!!**

La verdadera historia de Halloween

Los celtas, que antiguamente vivían en Irlanda, celebraban a finales de octubre la llegada del invierno con una fiesta llamada «All Hallow even», es decir, la «Vigilia de Todos los Santos». Se encendían fuegos alrededor de los cuales bailaba todo el mundo, llevando máscaras para ahuyentar a los espíritus. En recuerdo de aquella antigua fiesta, aún hoy en algunos países se festeja Halloween la noche del 31 de octubre.

El día después de Halloween es Todos los Santos. El símbolo de Halloween son las calabazas con velas dentro: su luz, según la leyenda, mantenía alejados a los espíritus de la noche.

¿Caramelo o broma?

Quien festeja Halloween, el 31 de octubre se disfraza y llama a las puertas de las casas gritando «Trick or treat», es decir, «Caramelo o broma». Quien abre la puerta ofrece galletas y caramelos.

JUEGOS

El título del terror

Una persona sale de la habitación. Los demás se dividen en dos grupos. Cuando la persona entra, los dos grupos escenifican con gestos el título de una película de terror. Gana el grupo que consigue hacer entender <u>el título exacto</u> el primero.

¡Patosísimos!

Gana quien es capaz de escribir más de prisa esta frase <u>con la mano izquierda:</u>

¡El perro de San Roque no tiene Rabo porque Ramón Ramírez se lo ha cortado!

Alfabeto vampiro

Hay que recitar el alfabeto al revés, de la Z a la A.
¡Gana quien no se equivoca <u>ni una sola vez</u>!

La carrera de la araña

¡Dibuja una araña en su telaraña <u>en un minuto</u>!

¡Aquí está la bruja!

Apaga la luz de una habitación; con música lúgubre de fondo haz sentar en círculo a los invitados y pasa de mano en mano estos objetos anunciando en tono macabro: ¡Aquí está la bruja!

▶ ¡Aquí están los dientes de la bruja!
(un montoncito de judías secas)

▶ ¡Aquí están las orejas de la bruja!
(dos orejones secos de albaricoque)

▶ ¡Aquí están los cabellos de la bruja!
(unos pocos trozos de espaguetis secos)

▶ ¡Aquí están las uñas de la bruja!
(unas cuantas pipas de calabaza)

▶ ¡Aquí está la baba de la bruja!
(un poco de yogur)

▶ ¡Aquí está un hueso de la bruja!
(una cuchara de madera)

En este punto, una persona con la que te has puesto de acuerdo debe gritar detrás de una puerta:
—¡Uuuuuuuuhhh, soy la brujaaaaaaaa!

El *teatrillo* de las brujas

1 Recorta en una cartulina siluetas horribles utilizando tijeras de punta redondeada.

2 Después pégalas con cinta adhesiva a un palito de madera.

> Atención: ¡Utiliza tijeras de punta redondeada!

3 Apaga todas las luces de la habitación, haz sentar a los invitados frente a una pared blanca, después enciende una linterna detrás y mueve cada silueta, proyectando su sombra en la pared. Mientras, cuenta historias de miedo.

DECORACIÓN

La calabaza de Halloween

1 Pide a un adulto que corte con un cuchillo la parte superior de una calabaza madura.

2 Con una cuchara, vacía completamente la calabaza de su pulpa (guárdala aparte, puede servir para una sopa de calabaza).

3 Con un rotulador, píntale a la calabaza la nariz, los ojos y la boca, que un adulto podrá recortar con un cuchillo.

Atención: ¡pide ayuda a un adulto! ¡Los cuchillos pueden ser muy peligrosos!

¡Según como la pintes, la calabaza puede tener distintas expresiones!

4 Dentro de la calabaza mete una vela grande y pídele a un adulto que la encienda. Pon la calabaza en tu ventana. Pero ¡ten cuidado de que no se prenda fuego!

Atención: ¡pide ayuda a un adulto! ¡Los encendedores son peligrosos! No dejéis nunca una llama sin vigilancia.

Cómo decorar la mesa

1 En lugar del mantel, extiende un papel negro encima de la mesa.

2 Con cinta adhesiva pega los bordes del papel para que se sujeten bien.

3 También con cinta adhesiva, pega el papel en las esquinas de la mesa.

4 Decora la mesa con gruesos lazos de tela de raso de color naranja.

5 Como centro de mesa pon una calabaza con una vela dentro. Pero ¡ten cuidado, coloca un plato debajo de la calabaza y nunca dejes la llama sin vigilancia!

6 Aquí y allá, pega encima del mantel siluetas recortadas en cartulina naranja: vampiros, brujas, fantasmas...

Atención: ¡utiliza tijeras de punta redondeada!

DISFRACES

Momia

1 Coge unas tijeras de punta redondeada y corta la sábana blanca a tiras de unos cinco centímetros de ancho y dile a un adulto que las cosa unas a otras para formar una larguísima venda.

2 Aplícate el maquillaje blan por toda la cara, incluidos los párpados. Ponte un poco de lápiz de maquillaje rojo alrededor de los ojos.

3 Enróllate la venda alrededor de todo el cuerpo y la cabeza.

4 Enróllate la venda en los brazos, desde los hombros hasta las manos, y en las piernas, desde las ingles hasta los pies. Cuando estés completamente envuelto, anuda la venda.

Atención: ¡utiliza tijeras de punta redondeada! Antes de aplicarte el maquillaje, pide ayuda a un adulto.

Consejo: debajo de la venda ponte una camiseta y unos shorts blancos para no quedarte desnudo si la venda se desenrolla.

Bruja

QUÉ SE NECESITA: pintalabios violeta, maquillaje blanco y maquillaje negro, lápiz de maquillaje negro y lápiz de maquillaje rojo, esmalte de uñas violeta, sombrero de bruja negro y de punta, una capa negra larga hasta los pies, botas negras y guantes negros.

1 Con el lápiz de maquillaje negro dibújate unas cejas muy espesas, y dibújate también una línea encima de cada párpado. Traza una línea roja debajo de cada ojo. Ponte el maquillaje blanco en la cara, y con el negro, fabrícate unas ojeras oscuras bajo cada ojo.

2 Con el lápiz negro de maquillaje, dibújate arrugas alrededor de los ojos y de la nariz. Píntate los labios y las uñas de violeta. Si lo prefieres, puedes ponerte también uñas de plástico.

3 ¡Ponte el vestido y todo el resto!

Consejo: lleva contigo un libro forrado con un papel plateado (¡el libro de los hechizos!) y una escoba sobre la que habrás esparcido antes un poquito de cola y espolvoreado polvillo plateado.

Vampiro

QUÉ SE NECESITA: maquillaje blanco, lápiz de maquillaje negro y lápiz de maquillaje rojo, pintalabios negro, pintaúñas violeta, pantalones negros, camisa blanca y capa negra o una túnica negra larga hasta los pies, zapatos negros.

1 Aplícate el maquillaje blanco en la cara. Con el lápiz negro dibújate un triángulo oscuro en la frente, en las mejillas y en la barbilla (primero dibuja el contorno y luego rellénalo de color).

2 Dibújate unas cejas espesas y arqueadas y, sobre los párpados, traza una línea negra, y debajo de los ojos una línea roja. Píntate los labios de negro y las uñas de violeta. Con el lápiz rojo, dibújate una gota de sangre en la comisura de los labios.

Consejo: puedes ponerte dientes de plástico de vampiro, y sostener en la mano una botellita que contenga líquido rojo que parezca sangre.

Esqueleto

1 Con la pintura blanca de tela dibuja con cuidado los huesos sobre el mono y sobre los calcetines. ¡Pídele ayuda a un adulto!

2 Pinta la parte de delante y la de detrás del esqueleto. Espera a que se seque bien la pintura antes de vestirte.

3 Ponte el maquillaje blanco en la cara. Con el lápiz negro dibújate una mancha redonda alrededor de cada ojo, y un triángulo en cada mejilla.

4 Traza una línea negra alrededor de la boca. Dibuja con el lápiz negro los dientes de esqueleto dentro de ella.

Consejo: sostén en la mano un hueso de goma o una calavera fosforescente. Si tienes los cabellos largos, escóndelos debajo de un gorro de baño blanco.

Frankenstein

1 Ponte el maquillaje blanco en la cara. Después el oscuro encima y debajo de los ojos. Con el lápiz negro, dibújate unas cejas. Píntate los labios de violeta y las uñas de negro.

2 Con el lápiz negro, dibújate una cicatriz en la frente y en una de las mejillas. Ponte el gel en los cabellos y aplánalos mucho.

Consejo: camina como lo haría un monstruo, con pasos rígidos y sin doblar las rodillas.

Fantasma

1 Recorta en la sábana un círculo de un diámetro de 1,5 o 2 metros.

2 Para los ojos, recorta dos agujeros en el centro del círculo. Entre uno y otro deja unos 3 centímetros de distancia.

3 Ponte los
calcetines y los
guantes blancos

4 Fija la cadena al ovillo de
lana, que tiene que ser grueso y
redondo.

Atención: ¡utiliza
unas tijeras de
punta redondeada!

MENÚ DE ESCALOFRÍO

para la fiesta de ....
el día ....

ENTRANTES
Ojos de murciélago tibios
Setas del Bosque de las Brujas

PRIMER PLATO
Gusanos de cloaca

SEGUNDO PLATO
Albondiguillas de sapo a la salsa de vampiro

POSTRES
Helado de baba de caracol de alcantarilla
Bolitas de murciélago momificado

BEBIDA
Batido de termitas rojas
Batido de sanguijuelas negras
Batido de rana
Agua de cloaca (estancada o fermentada)

Menú de Escalofrío

¿Recuerdas el menú de la página 62? Fotocopia el menú de la izquierda, escribe tu nombre y la fecha de la fiesta. En las páginas siguiente, encontrarás las instrucciones para cocinar estos divertidos platos, ¡pídele ayuda a un adulto! Cocinar puede ser peligroso.
Fotocopia también el dibujo de esta página; recorta las fotocopias, dóblalas por la línea de puntos y escribe el nombre de tus invitados.

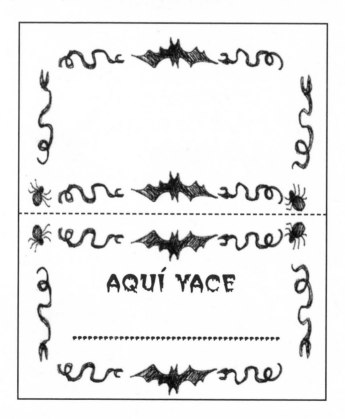

Ojos de murciélago tibios

1 Coge olivas negras y olivas verdes y ponlas en una fuente. Condiméntalas con aceite de oliva y pimienta roja (atención, ¡es un plato picante!).

Setas del Bosque de las Brujas

1 En otra fuente pon champiñones en aceite y luego condiméntalos con perejil picado y pimienta roja.

Gusanos de cloaca

Ingredientes para 4 personas:
350 g de espaguetis;
un diente de ajo, cebolla
picada, 3 sepias con su tinta,
caldo, mantequilla, sal,
ketchup.

1 Corta las sepias a tiras finas y guarda las bolsitas de tinta en una tarrina. Sofríe el ajo y la cebolla en una cacerola con la mantequilla. Incorpora las sepias y cúbrelas con una taza de caldo. Déjalas cocer unos 20 minutos.

2 Pon a hervir abundante agua con un puñado de sal, echa los espaguetis y escúrrelos cuando estén *al dente*.

3 Pon los espaguetis en la cacerola del caldo, después vierte en ella la tinta negra de las sepias y mézclalo todo.

4 Sírvelos, y después vierte en cada plato unas gotas de ketchup.

Albondiguillas de sapo a la salsa de vampiro

Ingredientes para 4 personas:
200 g de carne magra de ternera picada, perejil, un diente de ajo, la miga de dos panecillos, un chorrito de leche, un huevo, queso rallado, medio vaso de harina, sal, aceite.

Para la salsa de tomate:
tomates maduros, pelados y sin semillas, un poco de aceite, una cebolla picada, sal.

1 Prepara la salsa de tomate, poniendo en una cacerola el aceite y la cebolla picada. Cuando la cebolla esté ligeramente dorada añade los tomates triturados y la sal. Déjalos cocer unos 15 minutos hasta obtener una salsa espesa.

2 Ahora prepara las albondiguillas… en una tarrina ablanda la miga de pan con un poco de leche, aplastándola con un tenedor para eliminar los grumos.

3 Añade la carne, el huevo, el ajo, el perejil picado, el queso y la sal.

4 Con las manos, forma pequeñas bolas y pásalas por la harina.

5 Calienta aceite en una sartén y fríe las albóndigas unos 15 minutos a fuego medio, girándolas de vez en cuando para evitar que se quemen.

6 Añádeles la salsa de tomate que ya has preparado y hazlo cocer entre 5 y 10 minutos más.

¡¡¡Miaaaaaaaaaaauuuuuu!!!

Helado de baba de caracol de alcantarilla

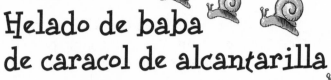

Ingredientes:
helado de nata en cantidad, 250 g de chocolate amargo para deshacer, 1/4 de nata fresca.

Deshaz el chocolate al baño María, añade la nata y bátelo todo junto lentamente.
Mezcla la salsa hasta que adquiera la densidad justa y viértela rápido sobre el helado de nata.

Bolitas de murciélago momificado

Pon en una fuente muchos higos secos.

Batido de termitas rojas

Vierte en una jarra zumo de naranjas rojas, después espolvorea encima unos puñados de azúcar.

Batido de sanguijuelas negras y batido de rana

Vierte en una jarra una bebida no alcohólica oscura y en otra jarra otra bebida clara (zumo de arándanos y zumo de piña, por ejemplo).

Agua de cloaca (estancada o fermentada)

Vierte en una jarra agua mineral sin gas, y en otra jarra agua con gas.

estancada

fermentada

ÍNDICE

❏ 1. Mi nombre es Stilton, Geronimo Stilton

❏ 2. En busca de la maravilla perdida

❏ 3. El misterioso manuscrito de Nostrarratus

❏ 4. El castillo de Roca Tacaña

❏ 5. Un disparatado viaje a Ratikistán

❏ 6. La carrera más loca del mundo

❏ 7. La sonrisa de Mona Ratisa

❏ 8. El galeón de los gatos piratas

❏ 9. ¡Quita esas patas, Caraqueso!

❏ 10. El misterio del tesoro desaparecido

❏ 11. Cuatro ratones en la Selva Negra

❏ 12. El fantasma del metro

❏ 13. El amor es como el queso

❏ 14. El castillo de Zampachicha Miaumiau

❏ 15. ¡Agarraos los bigotes... que llega Ratigoni!

❏ 16. Tras la pista del yeti

❑ 17. El misterio de la pirámide de queso

❑ 18. El secreto de la familia Tenebrax

❑ 19. ¿Querías vacaciones, Stilton?

❑ 20. Un ratón educado no se tira ratopedos

❑ 21. ¿Quién ha raptado a Lánguida?

❑ 22. El extraño caso de la Rata Apestosa

❑ 23. ¡Tontorratón quien llegue el último!

❑ 24. ¡Qué vacaciones tan superratónicas!

❑ 25. Halloween... ¡qué miedo!

❑ 26. ¡Menudo canguelo en el Kilimanjaro!

❑ 27. Cuatro ratones en el Salvaje Oeste

❑ 28. Los mejores juegos para tus vacaciones

❑ 29. El extraño caso de la noche de Halloween

❑ 30. ¡Es Navidad, Stilton!

❑ 31. El extraño caso del Calamar Gigante

❑ 32. ¡Por mil quesos de bola... he ganado la Lotorratón!

DE

PRÓXIMA

APARICIÓN

☐ 33. El misterio del ojo de esmeralda

☐ 34. El libro de los juegos de viaje

☐ 35. ¡Un superratónico día... de campeonato!

☐ 36. El misterioso ladrón de quesos

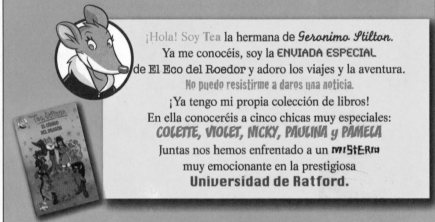

¡Hola! Soy **Tea** la hermana de *Geronimo Stilton*.
Ya me conocéis, soy la ENVIADA ESPECIAL
de El Eco del Roedor y adoro los viajes y la aventura.
No puedo resistirme a daros una noticia.
¡Ya tengo mi propia colección de libros!
En ella conoceréis a cinco chicas muy especiales:
COLETTE, VIOLET, NICKY, PAULINA y PAMELA
Juntas nos hemos enfrentado a un MISTERIO
muy emocionante en la prestigiosa
Universidad de Ratford.

¿Te gustaría ser miembro del CLUB STILTON?

Sólo tienes que enviarme un e-mail con tus datos
(nombre y apellidos, dirección, código postal y fecha
de nacimiento) a **stilton@planeta.es** y te convertirás en
ratosocio/a. Así podré informarte de todas mis novedades
y de las promociones que pongamos en marcha.

¡PALABRA DE GERONIMO STILTON!

Este libro no se puede vender sin este comprobante
PRUEBA DE COMPRA
GERONIMO STILTON
N.º 25

EL ECO DEL ROEDOR
1. Entrada
2. Imprenta (aquí se imprimen los libros y los periódicos)
3. Administración
4. Redacción (aquí trabajan redactores, diseñadores gráficos, ilustradores)
5. Despacho de Geronimo Stilton
6. Helipuerto

Río Ratonio

Playa

Ratonia, la Ciudad de los Ratones

1. Zona industrial de Ratonia
2. Fábricas de queso
3. Aeropuerto
4. Radio y televisión
5. Mercado del Queso
6. Mercado del Pescado
7. Ayuntamiento
8. Castillo de Morrofinolis
9. Las siete colinas de Ratonia
10. Estación de Ferrocarril
11. Centro comercial
12. Cine
13. Gimnasio
14. Sala de conciertos
15. Plaza de la Piedra Cantarina
16. Teatro Fetuchini
17. Gran Hotel
18. Hospital
19. Jardín Botánico
20. Bazar de la Pulga Coja
21. Aparcamiento
22. Museo de Arte Moderno
23. Universidad y Biblioteca
24. «La Gaceta del Ratón»
25. «El Eco del Roedor»
26. Casa de Trampita
27. Barrio de la Moda
28. Restaurante El Queso de Oro
29. Centro de Protección del Mar y del Medio Ambiente
30. Capitanía
31. Estadio
32. Campo de golf
33. Piscina
34. Canchas de tenis
35. Parque de atracciones
36. Casa de Geronimo
37. Barrio de los anticuarios
38. Librería
39. Astilleros
40. Casa de Tea
41. Puerto
42. Faro
43. Estatua de la Libertad

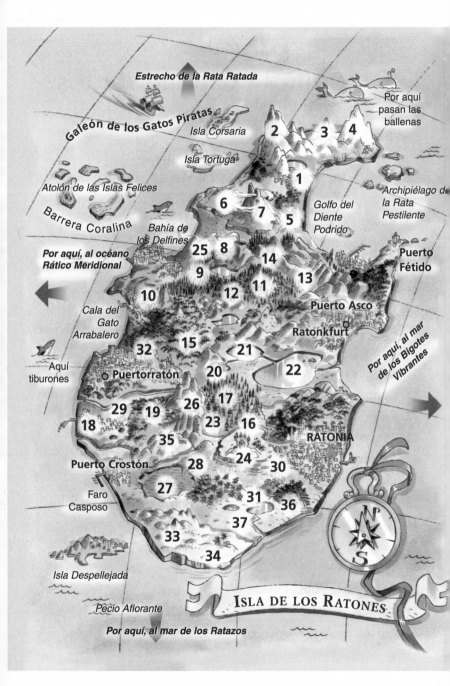

Estrecho de la Rata Ratada

Galeón de los Gatos Piratas

Isla Corsaria

Isla Tortuga

Por aquí pasan las ballenas

Atolón de las Islas Felices

Barrera Coralina

Archipiélago de la Rata Pestilente

Bahía de los Delfines

Golfo del Diente Podrido

Por aquí, al océano Rático Meridional

Puerto Fétido

Cala del Gato Arrabalero

Puerto Asco

Ratonkfurt

Aquí tiburones

Puertorratón

Por aquí, al mar de los Bigotes Vibrantes

RATONIA

Puerto Crostón

Faro Casposo

Isla Despellejada

Pecio Aflorante

Por aquí, al mar de los Ratazos

ISLA DE LOS RATONES

N

S

La Isla de los Ratones

1. Gran Lago Helado
2. Pico del Pelaje Helado
3. Pico Vayapedazodeglaciar
4. Pico Quetepelasdefrío
5. Ratikistán
6. Transratonia
7. Pico Vampiro
8. Volcán Ratífero
9. Lago Sulfuroso
10. Paso del Gatocansado
11. Pico Apestoso
12. Bosque Oscuro
13. Valle de los Vampiros Vanidosos
14. Pico Escalofrioso
15. Paso de la Línea de Sombra
16. Roca Tacaña
17. Parque Nacional para la Defensa de la Naturaleza
18. Las Ratoneras Marinas
19. Bosque de los Fósiles
20. Lago Lago
21. Lago Lagolago
22. Lago Lagolagolago
23. Roca Tapioca
24. Castillo Miaumiau
25. Valle de las Secuoyas Gigantes
26. Fuente Fundida
27. Ciénagas sulfurosas
28. Géiser
29. Valle de los Ratones
30. Valle de las Ratas
31. Pantano de los Mosquitos
32. Roca Cabrales
33. Desierto del Ráthara
34. Oasis del Camello Baboso
35. Cumbre Cumbrosa
36. Jungla Negra
37. Río Mosquito

Queridos amigos roedores,
hasta el próximo libro.
Otro libro morrocotudo
palabra de Stilton, de...

Geronimo Stilton